ティアラ・クラブ

5

ソフィア姫《ひめ》と氷《こおり》の大《だい》祭《さい》典《てん》

ヴィヴィアン・フレンチ 著《ちょ》/サラ・ギブ 絵《え》/岡本《おかもと》 浜江《はまえ》 訳《やく》

朔北社

人《じん》物《ぶつ》紹《しょう》介《かい》

ティアラ✦クラブ

5

ソフィア姫《ひめ》と氷《こおり》の大《だい》祭《さい》典《てん》

お姫《ひめ》さま学《がく》園《えん》

りっぱなお姫《ひめ》さまを育《そだ》てる

学《がく》園《えん》のモットー

りっぱなお姫《ひめ》さまは、つねに自《じ》分《ぶん》のことよりほかの人《ひと》のことを考《かんが》え、親《しん》切《せつ》で、思《おも》いやりがあり、誠《せい》実《じつ》でなくてはならない。

すべてのお姫《ひめ》さまに次《つぎ》のようなことを教《おし》えます。

たとえば・・・

❶ドラゴンに話《はな》しかける方《ほう》法《ほう》

お姫《ひめ》さまたちには、次《つぎ》のステップに進《すす》むため、ティアラ点《てん》をあたえます。一《いち》学《がく》年《ねん》で十《じゅう》分《ぶん》なティアラ点《てん》をとったお姫《ひめ》さまたちは、ティアラ・クラブに入《にゅう》会《かい》することができ、銀《ぎん》のティアラがもらえます。

ティアラ・クラブのお姫《ひめ》さまたちは、次《つぎ》の年《とし》、りっぱなお姫《ひめ》さまたちのとくべつの住《す》まいである「銀《ぎん》の塔《とう》」にむかえられ、より高《たか》いレベルの教《きょう》育《いく》を受《う》けることができます。

❷すてきなダンスドレスのデザインと作《つく》り方《かた》
❸王宮《おうきゅう》パーティ用《よう》の料理《りょうり》
❹まちがった魔法《まほう》を防《ふせ》ぐには
❺ねがいごとをし、それをかしこく使《つか》う方法《ほうほう》
❻空《そら》をとぶような階段《かいだん》の下《お》り方《かた》

クイーン・グロリアナ園長《えんちょう》はいつも園内《えんない》におられ、生徒《せいと》たちの世話《せわ》は妖精《ようせい》のフェアリー寮母《りょうぼ》がします。

客員講師《きゃくいんこうし》と、それぞれのご専門《せんもん》は・・・
パーシヴァル王《おう》（ドラゴン）
マチルダ皇太后《こうたいごう》（礼儀作法《れいぎさほう》）
ヴィクトリア貴夫人《きふじん》（晩《ばん》さん会《かい》）
ディリア大公爵夫人《だいこうしゃくふじん》（服《ふく》そう）

注意《ちゅうい》
お姫《ひめ》さまたちは少《すく》なくとも次《つぎ》のものをもって入園《にゅうえん》すること。

♥ダンスパーティ用《よう》ドレス　二十着《にじゅっちゃく》
（スカートを広《ひろ》げる輪《わ》、ペチコートなども）
♥ダンス・シューズ　五足《ごそく》
♥ふだんの服《ふく》　十二着《じゅうにちゃく》
♥ビロードのスリッパ　三足《さんぞく》
♥乗馬靴《じょうばぐつ》　二足《にそく》
♥ロングドレス　七着《ななちゃく》
（ガーデン・パーティなど、とくべつな時《とき》に着《き》るもの）
♥マント、マフ、ストール、手袋《てぶくろ》、そのほか必要《ひつよう》とされているアクセサリー
♥ティアラ　十二《じゅうに》

Princess Sophia
ソフィア姫《ひめ》

こんにちは！　あたくしはソフィア姫《ひめ》です。あなたが、お姫《ひめ》さま学《がく》園《えん》でのあたくしたちをいつも見《み》ていてくださって、とてもうれしいわ。バラのお部屋《へや》のお仲間《なかま》には、もうお会《あ》いになったでしょう？

アリス姫《ひめ》、ケティ姫《ひめ》、デイジー姫《ひめ》、シャーロット姫《ひめ》、エミリー姫《ひめ》。あたくしたちは、ここでの第一日目《だいいちにちめ》から、さいこうの仲《なか》よしになりました。おたがいに助《たす》けあっています。これは、近《ちか》くにパーフェクタ姫《ひめ》のような人《ひと》がいるときは、とても大事《だいじ》なのです。パーフェクタはすごくいじわる！　アリスのお姉《ねえ》さまの話《はなし》では、パーフェクタは学園《がくえん》の一年目《いちねんめ》にほとんどティアラ点《てん》がいただけなくて、もう一年《いちねん》やりなおすことになりました。それであたくしたちといっしょになってしまったのです。

困《こま》ったことだわ！

Princess Sophia and the Sparkling Surprise by Vivian French
Illustrated by Sarah Gibb

First published by Orchard Books
First published in Great Britain in 2005

Japanese translation rights arranged with
Orchard Books, a division of the Watts Publishing Group Ltd, London
through Tuttle-Mori Agency, Inc., Tokyo

Capter One

第《だい》1章《しょう》

朝《あさ》のお食事《しょくじ》がおわりかけたとき、シャーロットが「なんてたいくつなんでしょう、もうダンスもパーティもなにもないんですもの」となげきました。するととつぜん、フェアリー寮母《りょうぼ》さまがどこからともなく銀色《ぎんいろ》の光《ひか》る雲《くも》にのって、あらわれました。フェアリー寮母《りょうぼ》さまは、あたくしたちのお世話《せわ》がかりで、ものすごく大《おお》きい妖精《ようせい》。

フェアリー寮母《りょうぼ》さまは光《ひか》るちりをはらって、あたくしたちにほほ笑《え》みました。

「あなたがた一年生《いちねんせい》に、とくべついいことがありますよ！　クイーン・グロリアナ園長《えんちょう》が、いつものお勉強《べんきょう》をなしにして、丸一日《まるいちにち》、おさいほう室《しつ》

でディリア大公爵夫人《だいこうしゃくふじん》とすごすようにいわれたのです！」

そしてフェアリー寮母《りょうぼ》さまは、まるで、大《おお》きな拍手《はくしゅ》がわきあがるのをまっているような顔《かお》をされました。でもだれも拍手《はくしゅ》しません。

みんながだまっていると、パーフェクタが手《て》をあげました。

「あのお、寮母《りょうぼ》さま、まさかあたしたちが、おさいほうをおそわるんじゃあないんでしょうね？」パーフェクタは、そんなのさいていよ、虫《むし》とりより悪《わる》い、とでもいうようないいかたで聞《き》きました。

フェアリー寮母《りょうぼ》さまは、パーフェクタに冷《つめ》たい目《め》をなげました。

「おや、もちろん、そうなのですよ。大公爵夫人《だいこうしゃくふじん》はイギリスで一番《いちばん》おさいほうがお上手《じょうず》なかたです。夫人《ふじん》のイブニングドレスやパーティドレスのデザインは、それはすばらしいものです。一日《いちにち》ここにおいでくださる

ことは、あなたがたにとって、とても運《うん》がよいのですよ」

パーフェクタは、いやな顔《かお》をしました。

「うちの父《ちち》や母《はは》は、あたしが自分《じぶん》のドレスを作《つく》るなんて聞《き》いたら、きっとおこります」パーフェクタはにやっと笑《わら》って、つけくわえました。

「それは召使《めしつかい》たちの仕事《しごと》ですからね！」

あたくしははっとしました。フェア

リー寮母《りょうぼ》さまが、かっとなって、ふくれあがるのではないかと思《おも》ったのです。でもちがいました。

「いっておきますけれどね、パーフェクタ姫《ひめ》」とてもきびしい声《こえ》でいわれました。

「ティアラ点《てん》はいろんなときに、ふえたりへったりするのですよ。気《き》をつけなさい！」そしてフェアリー寮母《りょうぼ》さまは、あたくしたちのほうにむきなおりました。

「みんな、いそいで！　ディリア大公爵夫人《だいこうしゃくふじん》がおまちです。おさいほう室《しつ》にはいる前《まえ》に手《て》をよく洗《あら》うのを忘《わす》れないで。きっとたのしい一日《いちにち》ですよ！」そのあと姿《すがた》を消《け》しましたが、今回《こんかい》はなぜか、ふつうに食堂《しょくどう》のドアから出《で》て行《い》かれました。

フェアリー寮母《りょうぼ》さまが見《み》えなくなるとすぐ、あたくしたちはしゃべりはじめました。

「あたし、おさいほうって苦手《にがて》なの！」ケティが泣《な》き声《ごえ》でいいました。

「前《まえ》におにんぎょうの服《ふく》を作《つく》ったことがあるけれど、すごく下手《へた》だったわ！」

「あたしもよ」シャーロットがうなずきました。

「いつもまちがったところをぬいつけちゃったりするの」

「わたしもそうよ」エミリーがいいました。

「わたしは、いつも針《はり》で指《ゆび》をさしちゃう」デイジーがいいました。

「きっとだいじょうぶよ」アリスがたのしそうにいいました。

「うちのおばあちゃまは、たくさんあたしの服《ふく》をぬってくださるから、あたしもときどき手伝《てつだ》うの。たのしいわよ。古《ふる》いビロードのカーテンとか、おじいちゃまの正装用《せいそうよう》かざり帯《おび》ののこりのサテンをいろいろに考《かんが》えて使《つか》ったりするの」

「古《ふる》いビロードのカーテン？」パーフェクタと、いじわるい友《とも》だちのフロリーン姫《ひめ》は、アリスのすぐわきに立《た》っていて、さもばかにしたように見《み》つめていいました。

アリスはくすくす笑《わら》いました。

「そうよ！　あたしの一番《いちばん》気《き》にいっている冬《ふゆ》のイブニングドレスは、うちの一番《いちばん》りっぱな応接間《おうせつま》にあった美《うつく》しい赤《あか》のビロードで作《つく》ったのよ！」

パーフェクタは、フロリーンの肩《かた》に手《て》をかけていいました。「ちょっと

聞《き》いてよ、フロリーン」

さもばかにしたように鼻《はな》をすすっています。

「カーテンでドレスを作《つく》らなきゃならないほどびんぼうな姫《ひめ》が、この学園《がくえん》にいるなんてね。だったら、ものごいや、ホームレスもきていいってことね！　ちゃんとしたお姫《ひめ》さまのいえは、お金持《かねも》ちで召使《めしつかい》もいるはず

よ。お針子《はりこ》のメイドもいないようないえの子《こ》だったら、いくらお姫《ひめ》さま学園《がくえん》で勉強《べんきょう》しても、ティアラ・クラブにはいれるかしらね？」

パーフェクタが頭《あたま》をのけぞらせるようにして、歩《ある》きさろうとしたので、あたくしはアリスをつかまえてひっぱり、パーフェクタより先《さき》に、食堂《しょくどう》のまん中《なか》へ行《い》きました。

Capter Two

第《だい》2章《しょう》

人《ひと》をつかまえてひっぱりまわすなんて、りっぱなお姫《ひめ》さまらしくないことくらい、知《し》っています。もちろん！　でもパーフェクタがしゃくにさわって、そうしないではいられませんでした。ちょっとのあいだ、ティアラ点《てん》もティアラ・クラブもどうでもよくなっていました。

あたくしはアリスの手《て》をとったまま、これでもかというほど大《おお》きな声《こえ》でいいました。

「パーフェクタ姫《ひめ》は、ときどきほんとうのおばかさんね！　世界《せかい》じゅうで一番《いちばん》のお金持《かねも》ちのお姫《ひめ》さまだって、あなたとちっともちがわないはずよ、アリス！　りっぱなお姫《ひめ》さまでいることと、お金《かね》はなにも関係《かんけい》なくてよ。ただ、親切《しんせつ》で、正直《しょうじき》で、ほかの人《ひと》のめんどうを見《み》て、自分《じぶん》よりほかの人《ひと》のことを先《さき》に考《かんが》えることこそが、だいじ……でもきっとパーフェクタやフローリーンはおばかさんだから、そういうことがわかるだけの頭《あたま》がないのでしょうね！」

そういうと、あたくしはまたアリスをひっぱって、食堂《しょくどう》から外《そと》のろうかに出《で》ました。

「わあ！　ソフィアはあたしをかばって、パーフェクタにあんなこといってくれたのね。それもみんなの前《まえ》で！」アリスがいいました。

あたくしは壁《かべ》によりかかって、できるだけおちついて上品《じょうひん》になろうとしました。りっぱなお姫《ひめ》さまらしく。でも心臓《しんぞう》がどっきん、どっきんとなっています。

「あれくらいいわないと」

あたくしはいいました。

「あの人《ひと》、どうしてあなたにあんな失礼《しつれい》なことがいえるんでしょう？金持《かねも》ち気《き》どりもいいとこだわ！」

アリスはあたくしをだきしめました。

「味方《みかた》になってくださって、ありがとう。でもね、ほんとうというとあたし、パーフェクタのこと、あまり気《き》にしてないの。あんな人《ひと》のことで、なやむことなんかないと思《おも》って」アリスはそういって食堂《しょくどう》のほうをのぞきました。

「あ、バラのお部屋《へや》のみんながくるわ」

アリスのいうとおりです。シャーロットたちみんなが、食堂《しょくどう》を出《で》てこちらにむかってきます。

「パーフェクタはどうしていた？」

アリスが聞《き》きました。

「本気《ほんき》でおこってるみたい」シャーロットがいいました。

「フロリーンと二人《ふたり》でなにかささやきあってたわ。きっとおそろしい仕《し》かえ

しを考《かんが》えているのよ！」

あたくしはおちつきはじめていたのに、また心配《しんぱい》になってきました。一年生《いちねんせい》のみんながいる前《まえ》で、だれかをおばかさんと呼《よ》ぶなんて、りっぱなお姫《ひめ》さまどころの話《はなし》ではありません。でも、とあたくしは自分《じぶん》にいいました。パーフェクタはアリスにたいして、あまりにもひどいことをいったのですもの！

みんなでお手洗《てあら》いへ行《い》って、前《まえ》にいわれたようにていねいに手《て》を洗《あら》い、出《で》てくると、パーフェクタとフロリーンがこちらに歩《ある》いてくるのが見《み》えました。

とつぜん、あたくしの頭《あたま》の中《なか》にいろんなきもちが、うずまきました。そういうの、経験《けいけん》したことあって？　頭《あたま》の中《なか》の一部《いちぶ》は、パーフェクタなんかいないかのように知《し》らんぷりしてとおりすぎようといっています。でもべつの一部《いちぶ》は、なにもなかったかのようににっこりしてみたらというし、またまたべつの一部《いちぶ》は、ごめんなさいっていったらどう？　なんていうのです。

きめる必要《ひつよう》もありませんでした。パーフェクタがまっすぐこちらへきたのです。

「自分《じぶん》をなんだと思《おも》っているのさ、ソフィア姫《ひめ》？」パーフェクタはヒステリックな声《こえ》でいいました。

「なによ、かわいい子《こ》ぶっちゃって！　そのあまったるい、あそばせことば聞《き》いてると、げえってなる！　今日《きょう》のことは、ただではすまされないからね！　あんたは、おっするするの黄色《きいろ》いカールで、たまげるほどの美人《びじん》かもしれない

けれど、だからって人前《ひとまえ》であたしのことを悪《わる》くいっていいことにはならないんだからね！　なにさ、姫気《ひめき》どりの目立《めだ》ちたがり屋《や》！」

そしてお手洗《てあら》いにすっとんで行《い》って、バッターンとものすごいいきおいでドアを閉《し》めたので、天井《てんじょう》の壁《かべ》がはがれ落《お》ちたほどでした。フロリーンもあわてて追《お》いかけて行《い》って、見《み》えなくなる前《まえ》にきんきん声《ごえ》でいいました。

「仕《し》かえしされるから、かくごしたほうがいいよ！」

「まあ、どうしましょう！」あたくしはいいました。

「知《し》らんぷりしてましょうよ」アリスがいいました。

「さあ、みんなで行《い》って、大公爵夫人《だいこうしゃくふじん》があたしたちのために、なにをならべてくださってるか見《み》ましょうよ」

「パーフェクタはきっとなにもできやしないわ」

デイジーもいいました。

「それより、姫《ひめ》の一人《ひとり》がべつの姫《ひめ》をなやませたって聞《き》いたら、クイーン・グロリアナ園長《えんちょう》もフェアリー寮母《りょうぼ》さまも、なんておっしゃるかしら？」

あたくしはそれを聞《き》くと、ちょっと笑《わら》えるきも

ちになりました。みんなでいそいでおさいほう室《しつ》へ行《い》き、ディリア大公爵夫人《だいこうしゃくふじん》と、フェアリー寮母《りょうぼ》さまがテーブルにそれはそれはみごとな材料《ざいりょう》を山《やま》のようにつみあげていられるのを見《み》ました。あたくしは、今《いま》「みごとな」といったけれど、ほんとうにそう。うまれてからこんなりっぱなものは、まだ見《み》たことがありません。すべすべの豪華《ごうか》なビロード、さいこうにやわらかいウール地《じ》、いく巻《まき》ものごわごわしたペチコート用《よう》レース、しかもそれらが、どれもふりたての雪《ゆき》のようにまっ白《しろ》なのです。どう見《み》ても魔法《まほう》のようにしか見《み》えません。

「おはいりなさいな、姫《ひめ》たち」ディリア大公爵夫人《だいこうしゃくふじん》がおっしゃって、あいているテーブルを指《ゆび》さしました。一年生《いちねんせい》のほかの姫《ひめ》たちはもうみんなテーブルについて、たがいになにかささやきあっています。きっと、あたくしとパーフェクタのけんかのことをいっているのにちがいありません。すると、おさいほう室《しつ》のドアがまた開《ひら》き、みんなのささやきがぴたりと止《と》まりました。パーフェクタがはいってきたのです。それで、どうなったとお思《おも》い？　あたくしはとっても不安《ふあん》になって、もうすこしで泣《な》きだしてしまいそうでした。

Capter Three

第《だい》3章《しょう》

フェアリー寮母《りょうぼ》さまは、なにかあったと気《き》づかれたにちがいありません。いつもそうなのです。そして、いつもご自分《じぶん》のやりかたで問題《もんだい》を解決《かいけつ》なさいます。とはいってもフェアリー寮母《りょうぼ》さまがパーフェクタとフロリーンを、あたくしたちと同《おな》じテーブルにすわらせたときには、あっと、おどろいてしまいました。

パーフェクタがなにかいうだろうとまっていると、たしかにいいました。でもあたくしが思《おも》っていたのとはまるでちがいました。パーフェクタは、ディリア大公爵夫人《だいこうしゃくふじん》が見《み》ていらっしゃるのをたしかめておいて、それはかわいらしい声《こえ》でいったのです。

「まあ、アリス！　なんてすばらしいんでしょう！　あなたは

おさいほうのことなら、なんでもごぞんじよね。おとなりにすわれて、光栄《こうえい》だわ！」

アリスはこれからどんな授業《じゅぎょう》がはじまるのかまったく知《し》りません。だから、あわてていいました。

「あ、あああああ、ありがとう！」

フェアリー寮母《りょうぼ》さまはパーフェクタに、とてもみょうなお顔《かお》をされました。それから

あたくしたち全員《ぜんいん》を見《み》わたしていいました。

「さあ、みなさん、わたしどもの大切《たいせつ》な講師《こうし》の先生《せんせい》に、お姫《ひめ》さま学園《がくえん》より大《だい》かんげいのごあいさつをいたしましょう！」

全員《ぜんいん》が拍手《はくしゅ》をしました。でもあたくしはパーフェクタがなにをしかけてくるかと、そればかりが気《き》になっていました。

ディリア大公爵夫人《だいこうしゃくふじん》は、めがねの上《うえ》からあたくしたちを見《み》まわし、
フェアリー寮母《りょうぼ》さまがごほんとせきをしていいました。

「えっへん、大公爵夫人《だいこうしゃくふじん》さま、姫《ひめ》たちに今日《きょう》のお勉強《べんきょう》についてお話《はなし》なさいますでしょう？」

大公爵夫人《だいこうしゃくふじん》はうなずきました。

「はい、そうですとも。さあ、みなさん、とてもたのしいですよ。みな

さんはそれぞれに、ご自分《じぶん》の冬《ふゆ》のダンスドレスをデザインして作《つく》りあげるのです。そして、お姫《ひめ》さま学園《がくえん》サプライズ・パーティで……」

「おほっ、おほっ、おっほん！！！」

大公爵夫人《だいこうしゃくふじん》のことばは、寮母《りょうぼ》さまの大《おお》きな声《こえ》でさえぎられましたけれど、もう間《ま》にあいません。あたくしたちは全員《ぜんいん》、のびあがって、目《め》をかがやかせました。サプライズ・パーティですって？

ケティが手《て》をあげました。

「あのお、寮母《りょうぼ》さま、サプライ

ズって、びっくりって意味《いみ》ですけれど、どんな？」

フェアリー寮母《りょうぼ》さまは腕《うで》をくみました。

「今《いま》はまだお話《はなし》できません」寮母《りょうぼ》さまはきっぱりいわれました。

「もし話《はな》してしまったら、サプライズになりませんからね」

ディリア大公爵夫人《だいこうしゃくふじん》は、「まあ、わたくしとしたことが」と笑《わら》っていられます。

「ごめんなさいね。でもみなさんの参考《さんこう》になるようにと、わたくしのデザインした冬《ふゆ》のドレスをいくつか用意《ようい》しました。そして何人《なんにん》かのティアラ・クラブの姫《ひめ》たちにモデルをおねがいして……」大公爵夫人《だいこうしゃくふじん》は、そこで手《て》をならし、あたくしたちはあっと息《いき》をのみました。

美《うつく》しいお姫《ひめ》さまたちが、これまで見《み》たこともないような、みごとな

ドレスをきて、おさいほう室《しつ》のドアからならんではいってきたのです。あたくしたちの目《め》はお皿《さら》のように丸《まる》くなりました。ふつう、あたくしたちはティアラ・クラブのお姫《ひめ》さまたちと会《あ》うことはありません。谷《たに》のむこうがわの銀《ぎん》の塔《とう》にばかりいて、あたくしたちとはなにもつながりがないから

です。アリスのお姉《ねえ》さまも
その一人《ひとり》で、アリスは長《なが》い
お休《やす》みのときだけお姉《ねえ》さま
に会《あ》います。お姫《ひめ》さまたち
は、一人《ひとり》ずつおさいほう室《しつ》
のまん中《なか》にはいってくる
と、三回《さんかい》くるっとまわり、
ちょっとポーズをとって、
そのあとまたまわりまし
た。
アリスがとつぜんきゃっ

とさけび、そのあとささやきました。

「見《み》て！　あれがお姉《ねえ》さまよ！！」黒《くろ》い髪《かみ》のアリスにそっくりのお姫《ひめ》さまが、あたくしたちのまん前《まえ》でとくべつにまわって見《み》せ、小《ちい》さなウィンクをして、ドアからふわりっと出《で》て行《い》きました。

さいごの一人《ひとり》が出《で》て行《い》くと、あたくしは自分《じぶん》が息《いき》を止《と》めていたのに気《き》づきました。それほどすばらしかったのです。でもそのあとなんとなくへんな気分《きぶん》になりました。

あなたにお話《はなし》しなくてはならないことがあるの。これはひみつ。おねがいよ、だれにもおっしゃらないでね。

あたくしは小《ちい》さいときから、ずっと、りっぱなお姫《ひめ》さまになって、ティアラ・クラブにはいりたいと思《おも》ってきたの。いっしょけんめい、親切で人のためになるよう努力してきたの。かわいい子とか、いい子《こ》になりたいからではなくて、それがお姫《ひめ》さまとしてするべきことだから。でもさっき、ティアラ・クラブのお姫《ひめ》さまたちを見《み》て、自分《じぶん》がパーフェクタにどなったのを思《おも》いだしました。そしてたいへんなまちがいだったと思《おも》ったの。こんな態度《たいど》をとっていたら、どうやってティアラ・クラブにはいれるでしょう？　もっともっとがんばらなくては、というきもちになったのです。

大公爵夫人《だいこうしゃくふじん》はとてもごきげんよく、あたくしたちがドレスを気《き》にいったのをよろこんでおられました。

「さあ、こんどはあなたがたの番《ばん》です。ただ、白《しろ》いものの上《うえ》ではどんな小《ちい》さなほこりもしみも、目立《めだ》ちますから注意《ちゅうい》なさい」そして大公爵夫人《だいこうしゃくふじん》は、あたくしたち一人《ひとり》一人《ひとり》に、紙《かみ》とエンピツ、それから糸《いと》と針《はり》と、大《おお》きなはさみのはいったつつみをくばられました。

あたくしは、ディリア大公《だいこう》

爵夫人《しゃくふじん》から、この大《おお》きなはさみをうけとったときは、ぞっとしました。だめになったビロードの山《やま》、なにもきられるものがなくなったところが目《め》にうかんだのです。

　でも、あたくしは、フェアリー寮母《りょうぼ》さまに魔法《まほう》の力《ちから》がおありのことを忘《わす》れていました。それはすばらしい力《ちから》です！

あたくしたちはそれぞれ理想《りそう》のドレスのデザインを紙《かみ》にかき（大公爵夫人《だいこうしゃくふじん》がまわってきては、手伝《てつだ》ってくださいました）、フェアリー寮母《りょうぼ》さまが杖《つえ》をふっては、それぞれのえらんだ材料《ざいりょう》をだし、あっという間《ま》に、大《おお》きなはさみがひとりでにじょきじょき動《うご》いて、かんぺきなドレスをきりだしました！　そして針《はり》も、目《め》に見《み》えないほど小《ち》さな針目《はりめ》でぬいあげました。もっともすばらしいのは、もしちょっとでも自分《じぶん》のデザインがへんだと思《おも》ったときは、かいた絵《え》を消《け》して、新《あたら》しくドレスをかきなおすと、ジャーン、バーン！！！　はさみも針《はり》もちゃんと動《うご》いてくれたのです！

Capter Four

第《だい》4章《しょう》

お昼《ひる》のベルがなるころ、あたくしたちはみんな興奮《こうふん》のうずにつつまれていました。おさいほう室《しつ》のテーブルは、美《うつく》しいドレス、スカートのはり輪《わ》、ペチコート、サッシュベルトが山《やま》とつまれ……でもちょっとへんなことがありました。

パーフェクタ姫《ひめ》が、おどろくほどりっぱなお姫《ひめ》さまのような態度《たいど》をとっていたのです。あたくしが針《はり》を落《お》としたときにも、パーフェクタは自分《じぶん》からさっとひろってくれたほどです。糸《いと》までとおしてくれました。しかも、あたくしのドレスをすばらしいとほめつづけたのです。

だからもちろん、ディリア大公爵夫人《だいこうしゃくふじん》は、パーフェクタをとてもいい子《こ》だとお思《おも》いで、こういわれました。

「なんと親切《しんせつ》で、思《おも》いやりが

あって、気前《きまえ》のよい姫《ひめ》でしょう。今《いま》ここで二十《にじゅう》ティアラ点《てん》をあげましょう」

パーフェクタはひくい会釈《えしゃく》をしました。でも腰《こし》をあげたとき、あたくしはたしかに見《み》ました。フロリーンにウィンクしたのを。お昼食《ちゅうしょく》の列《れつ》にならんだときは、やっとパーフェクタとべつになることができて、シャーロットがすぐにいいました。

「いったい、どうなっているの？」

「なにかたくらんでいるのね」ケティが暗《くら》い声《こえ》でいいました。

「だって、フロリーンにウィンクしてたもの」

「いい子《こ》になろうと決心《けっしん》したのかもしれないわね」デイジーがいいました。

「寮母《りょうぼ》さまがお朝食《ちょうしょく》のとき、注意《ちゅうい》したから」

「でも、あたしとソフィアにいじわるいことをいったのは、そのあとのことよ」アリスがいいました。

エミリーは鼻《はな》をこすりました。

「とってもへんね。ねえ、それはそうと、サプライズってなんだと思《おも》う？」

「お外《そと》のパーティかなにかじゃないかしら」アリスがいいました。

「でもそれじゃあ、あの白《しろ》いビロードは重《おも》たすぎるわね！」

「でもお外《そと》はさむくなさそうね」デイジーがいいました。

「お日《ひ》さまがてっているわ」

「おとなしくまっていれば、そのうちわかるかもね」エミリーがため息《いき》まじりにいいました。

「フェアリー寮母《りょうぼ》さまがお昼《ひる》のあとで教《おし》えてくださるんじゃないかしら」

でもフェアリー寮母《りょうぼ》さまは話《はな》してくださいませんでした。だいじな仕事《しごと》があるから、またあとで会《あ》いましょうといわれただけでした。

午後《ごご》は、ドレスのかざりをつけることですごしました。デイリア大公爵夫人《だいこうしゃくふじん》は、虹色《にじいろ》のビーズや、羽《はね》やリボン（白《しろ》いドレスにつけるとすばらしくきれいです！）のはいったバスケットや、いろんなパステルカラーの絹《きぬ》のバラの花《はな》たばをいくつももってこられました。そしてパーフェクタは、おどろくばかりにおぎょうぎよくしています。パーフェクタはあたくしに一《ひと》つしかないピンクの絹《きぬ》のバラの花《はな》たばをわたしてくれました。でもそれはパーフェクタ自身《じしん》がとてもほしかったのがよくわかります。だって、だれよりも先《さき》に、バスケットからひったくるようにしてとったのですもの。でも、そのあと、あたくしがそれをドレスの胸《むね》にピンでとめるのに手《て》をかしてくれたのです。

「ほーら！　きれいじゃないこと？」パーフェクタはいいました。

ほんとうにきれいです。あたくしはパーフェクタにできるだけていねいにおれいをいいましたけれど、頭《あたま》の中《なか》はひっくりかえりそうでした。

デイジーがいったのは、あたっているのでしょうか？　パーフェクタはほんとうに、いいお姫《ひめ》さまになろうとしているのかしら？

「あらっ！　雪《ゆき》がふっているわ！」

フレイア姫《ひめ》が興奮《こうふん》して腕《うで》を

ふりまわしたので、あたくしまで見《み》たくなり、パーフェクタのことは忘《わす》れて窓《まど》にかけよってしまいました。

フレイアのいうとおりです。大《おお》きな白《しろ》い雪《ゆき》が空《そら》からまい落《お》ちてきて、学園《がくえん》は魔法《まほう》でうまれた妖精《ようせい》の宮殿《きゅうでん》のように見《み》えます。

「でも、今《いま》のきせつに雪《ゆき》が

ふるなんて、おかしいわねえ！」リーザ姫《ひめ》がいいました。

ディリア大公爵夫人《だいこうしゃくふじん》が笑《わら》っていわれました。

「フェアリー寮母《りょうぼ》がこうといえば、なんでもそうなるのですよ。湖《みずうみ》は見《み》ましたか？」

あたくしたちは目《め》をこらしました。湖《みずうみ》は、かがやく

銀《ぎん》の鏡《かがみ》のようにこおっています。

「わあ！　スケートができるわね！」アリスが手《て》をたたいていいました。

「そうなんですよ、みなさん」ディリア大公爵夫人《だいこうしゃくふじん》がいわれました。

「『きらめく氷《こおり》の大祭典《だいさいてん》』です！　さあ、みなさん、早《はや》くドレスを仕《し》あげて、棒《ぼう》にかけなさい。食堂《しょくどう》におりて早《はや》めのお夕食《ゆうしょく》をすませたら、もどってきて、きがえておまちなさい。外《そと》に出《で》るときは、スケートぐつと、マフをもらって……あとは、あなたがたが自由《じゆう》にたのしむだけ！」

Capter Five

第《だい》５章《しょう》

あたくしはおさいほう室《しつ》をさいごに出《で》ました。ほかのみんなは、さっそくおしゃべりをはじめましたが、あたくしはあとにのこっていたのです。じつは決心《けっしん》したことがあって……

ディリア大公爵夫人《だいこうしゃくふじん》が、どうかしたのと聞《き》いてくださいました。

「おねがいがございます」あたくしは会釈《えしゃく》をしていいました。

「パーフェクタ姫《ひめ》をおどろかせたいのです。あたくしはけさほど、パーフェクタにひどいことをいってしまいました。それで、パーフェクタのドレスに、ピンクの絹《きぬ》のバラをつけてあげたいのですけれど、よろしいでしょうか？　あの人《ひと》がそのバラを気《き》にいっているのは、わかっております」

「あなたは、なんとやさしい子《こ》でしょう！」ディリア大公爵夫人《だいこうしゃくふじん》は、やさしい声《こえ》でいわれました。

「パーフェクタにとってもさいこうのお友《とも》だちですね。もちろん、そのバラをつけておあげなさい。さあ、手伝《てつだ》ってあげましょう」大公爵夫人《だいこうしゃくふじん》は、針《はり》をとりだすと、パーフェクタのドレスにバラをぬいつけました。あたくしのドレスにあったのと同《おな》じように。

「パーフェクタにぴったりですね」大公爵夫人《だいこうしゃくふじん》はにっこりされました。

「あの子《こ》があなたのドレスを気《き》にいっているのはたしかですよ、ソフィア。ですから、これには二《ふた》つ三《みっ》つおまけをつけましょうよ」大公爵夫人《だいこうしゃくふじん》は、針《はり》でとめたり、ひっぱったり、ぬったりして、二分《にふん》もすると、パーフェクタのドレスは、あたくしのとそっくりに、フリルやギャザーがよせられ、輪《わ》かざりがつきました。

「ほーら！」大公爵夫人《だいこうしゃくふじん》はおっしゃいました。

「あの子《こ》は、あなたやあなたのお友《とも》だちのドレスを見《み》るのにいそがしくて、自分《じぶん》のドレスを考《かんが》えるひまがなかったのですよ。きっとびっくりするでしょうよ」そしてふわりと階段《かいだん》をおりて行《い》かれたので、あたくしは食堂《しょくどう》にもどりました。

もちろん、バラのお部屋《へや》の仲間《なかま》は、あたくしがなにをしていたのか知《し》りたがりました。

「正直《しょうじき》にいっていい？」とシャーロットはあたくしが話《はな》しおわるといいました。

「あなたはやさしすぎないこと、ソフィア？　どうしてパーフェクタが、バラやさいこうにすてきなドレスをもらわなきゃならないの？　たった一日《いちにち》いい子《こ》だっただけなのに！」

「きっとなにかたくらんでいるのよ！」ケティもそばからいいました。

「そうよ、お朝食《ちょうしょく》のときは、ひどかったわ」エミリーもいいました。

「どうしてそんなにやさしくするの？」

あたくしは、足《あし》をもぞもぞ動《うご》かしました。

「あたくしのこと、ばかだと思《おも》うでしょうね」

「あら、そんなことないわ」アリスはいいました。

「あたしたちは、仲《なか》よしですもの」デイジーがいいました。

「あのね、」あたくしはゆっくり話《はな》しました。

「お朝食《ちょうしょく》のとき自分《じぶん》がいったことを考《かんが》えていたの。りっぱなお姫《ひめ》さまは、自分《じぶん》のことより人《ひと》のことをまず考《かんが》えるものではないかしらって。そして親切《しんせつ》にならなければと思《おも》ったの。たとえパーフェクタがひどいことをしても、こちらまでひどい仕《し》かえしをしなきゃならないわけはないでしょう?」

お夕食《ゆうしょく》がおわると、みんなはまたおさいほう室《しつ》にもどりました。ほかの一年生《いちねんせい》が笑《わら》い声《ごえ》をたてながらテーブルについていきます。そしてすでにフェアリー寮母《りょうぼ》さまとディリア大公爵夫人《だいこうしゃくふじん》が、ずらりと棒《ぼう》につるされた美《うつく》しい冬《ふゆ》のダンスドレスの前《まえ》に、それはそれは堂々《どうどう》たるごようすで、立《た》っておられました。

「パーフェクタはどうしていて?」シャーロットがあたくしの耳《みみ》もとでささやきました。「もう自分《じぶん》のドレスに気《き》がついた?」

パーフェクタはピンク色《いろ》の顔《かお》で、目《め》をかがやかせていました。

「さあどうかしら」あたくしがいいました。まさにそのときフェアリー寮母《りょうぼ》さまがさいしょのドレスをとりあげました。

「ピンクの絹《きぬ》のバラでかざられた、ほんとうに美《うつく》しいドレスですね、これはだれのですか？」あたくしが手《て》をあげていいました。

「フェアリー寮母《りょうぼ》さま、それはパーフェクタ姫《ひめ》のです！」あたくしはありったけふかく息《いき》をすっていいました。

「けさほど、あたくしはひどいことをいってしまったので、パーフェクタ姫《ひめ》におわびをいいたいのです。ゆるしていただけるとうれしいけれど！」

ちょっとのあいだ、おどろいたのか、だれもなにもいいませんでした。

それからパーフェクタがとびあがりました。

「いやだ、ちがう！　それはあたしのドレスじゃない！　ソフィアのでしょ！」

ディリア大公爵夫人《だいこうしゃくふじん》が、堂々《どうどう》とした笑《え》みをうかべて、いわれました。

「あはぁ！　でもそこがあなたの、わかっていないところですよ、パーフェクタ！　ごらんなさい！　ソフィアとわたくしとで、あなたをびっくりさせようと、あなたのドレスにピンクのバラをつけたのですよ。こ

ちがソフィアのドレスです……」

大公爵夫人《だいこうしゃくふじん》は、となりのドレスを棒《ぼう》からはずしてもちあげました。みんな、あっと息《いき》をのみました。

ドレスの胸《むね》から下《した》に、まっ黒《くろ》なしみがついているのです。ひどーい！

だれもなにもいいません。ショックが大《おお》きかったのです。

フェアリー寮母《りょうぼ》さまはこわい

お顔《かお》で、つぎのドレスをとりあげました。すると、それにもまっ黒《くろ》いしみがついています。そしてそのつぎも。つぎも、つぎも。けっきょく、ただ一《ひと》つしみのないのは、パーフェクタのでした。

「パーフェクタ姫《ひめ》」寮母《りょうぼ》さまは、意味《いみ》ありげないいかたでパーフェクタを呼《よ》びました。

「あなたのドレスだけしみが

ないのは、どういうわけですか？」

パーフェクタの顔《かお》は、おそろしく青《あお》ざめ、ほとんどさけぶような声《こえ》で、こういいました。

「でも、それはあたしのドレスじゃない！　ソフィアのよ！　そうよね、フロリーン？」

フロリーンはうなずきました。

「そうよ。ソフィアが犯人《はんにん》だっ

て、しょうこよ！　ほかの人《ひと》のドレスをぜんぶよごして、自分《じぶん》のだけはきれいなままにしたんだから！」

フェアリー寮母《りょうぼ》さまはフロリーンをにらみました。それからとってもこわい声《こえ》で聞《き》きました。

「では聞《き》きますが、ソフィア姫《ひめ》はなぜ、みんなのドレスにしみをつけたいと思《おも》ったのですか？」

「目立《めだ》ちたがり屋《や》だからよ」フロリーンは、ぷんぷんしていいました。

「なにもかもで、自分《じぶん》が一番《いちばん》になりたかったのよ。パーフェクタは、こういうことになって、もしみんながソフィアをにくむようになれば、いい気味《きみ》だって……」そこまでいうと、フロリーンの声《こえ》は消《き》えかかり、顔《かお》はまっ赤《か》になりました。

このときのさわぎといったら。だれもかれもがいっせいにしゃべりだし、フェアリー寮母《りょうぼ》さまはさいこうのサイズにふくれあがりました。そして大声《おおごえ》でどなったので、みんなはやっとしずかになりました。

「よろしい！」寮母《りょうぼ》さまの声《こえ》がひびきました。

「パーフェクタ姫《ひめ》と、フロ

リーン姫《ひめ》、いますぐ、クイーン・グロリアナ園長《えんちょう》のいられる園長室《えんちょうしつ》へ行《い》きなさい！」そういってみじめな二人《ふたり》を追《お》いやると、きゅうにだまって、こんどはいつもの笑顔《えがお》になられました。

「あれまあ、忘《わす》れるところだったわ！」そして杖《つえ》をふりました。たちまち、ドレスにあったすべてのしみが消《き》えました。

「ほーら、前《まえ》より新《あたら》しくなりましたよ！」

ディリア大公爵夫人《だいこうしゃくふじん》は頭《あたま》をふられました。

「おどろきました。ほんとうにほんとうに、おどろきました。でも、これでやっと、みんなのドレス姿《すがた》を見《み》せてもらえますね！」

Capter Six

第《だい》6章《しょう》

『きらめく氷《こおり》の大祭典《だいさいてん》』は、それはそれは、すてきでした！木《き》という木《き》に、小《ちい》さなツララのあかりがきらきらさがり、銀色《ぎんいろ》にこおった湖《みずうみ》には、ダークブルーの空《そら》にかがやく何万《なんまん》という星《ほし》が、うつっています。あたくしたちのスケートぐつは、ドレスと同《おな》じく雪《ゆき》のようにまっ白《しろ》。マフはさいこうにやわらかい白《しろ》の毛皮《けがわ》（もちろん本物《ほんもの》ではない

けれど！）で、光《ひか》る真珠《しんじゅ》がちりばめてあります。

すばらしいオーケストラが銀色《ぎんいろ》の野外音楽堂《やがいおんがくどう》でもう演奏《えんそう》をはじめており、頭《あたま》の上《うえ》には満月《まんげつ》がかがやいていました。音楽《おんがく》は、さいこう！

あたくしたちは、くるくるすいすいすべって、音楽《おんがく》がポルカになったころには、ほとんど氷《こおり》の上《うえ》をとんでいました！　する

とそこへ、クイーン・グロリアナ園長《えんちょう》が、美《うつく》しい白鳥《はくちょう》のように姿《すがた》をあらわしました。あたくしたちのまん中《なか》まで、すいーっとすべっていらっしゃると、かた手《て》をあげ、音楽《おんがく》がぱたと止《と》まりました。

「あなたがたのたのしみを中断《ちゅうだん》したくはありません。でもとくべつのごほうびがあるのです。ざんけさほど、ソフィア姫《ひめ》は、

ねんながらわが学園《がくえん》の二人《ふたり》の姫《ひめ》からいじめをうけた友《とも》だちを救《すく》おうと、つい調子《ちょうし》にのった態度《たいど》をとりました。でもソフィア姫《ひめ》は、『りっぱなお姫《ひめ》さま』らしく、自分《じぶん》のあやまちをみとめ、おくりものをしてあやまり、仲《なか》なおりしようとしました。けれど、二人《ふたり》の姫《ひめ》たちはすでに、ソフィア姫《ひめ》の口《くち》にしたことばにたいして、思《おも》いきった仕《し》かえしをすることにきめていました。それについてどうすべきかは、今考《いまかんが》えていますが、とりあえず、この『きらめく氷《こおり》の大祭典《だいさいてん》』会場《かいじょう》で、ソフィア姫《ひめ》の、いかにして『りっぱなお姫《ひめ》さま』になるかの、さいこうによいお手本《てほん》をみとめたいと思《おも》ったのです。ここでソフィアに、五十《ごじゅう》ティアラ点《てん》をあげます！

さあ、音楽《おんがく》、スタート！」

クイーン・グロリアナ園長《えんちょう》は、くらくらしそうな笑顔《えがお》をお見《み》せにな

り、あたくしが、ふかぶかと会釈《えしゃく》をすると、氷《こおり》の上《うえ》をすいっとさって行《い》かれました……ねえ、どう思《おも》って？

あたくしは、まるで体《からだ》の中《なか》も外《そと》もきらきら光《ひか》っているような感《かん》じになってしまいました。そしてアリスと、シャーロットと、エミリーと、デイジーと、ケティと、手《て》をつないでぐる

ぐるすべってまわっていると、いつの日《ひ》か―そう、いつの日《ひ》かきっと―ほんとうに『りっぱなお姫《ひめ》さま』になって、ティアラ・クラブにいれていただけるにちがいないと信《しん》じました。

そして、そのときはあなたもいっしょよ。あたくしには、そうなるのがわかってよ。

次回《じかい》のお話《はなし》は……

「エミリー姫《ひめ》と美《うつく》しい妖精《ようせい》」

こんにちは！　わたしは、
エミリー姫《ひめ》。お姫《ひめ》さま学園《がくえん》
バラのお部屋《へや》の一人《ひとり》よ。

あなたは、もうアリス姫《ひめ》、
ケティ姫《ひめ》、デイジー姫《ひめ》、
シャーロット姫《ひめ》、ソフィア
姫《ひめ》をごぞんじでしょう？

この五人《ごにん》は、わたしの一番《いちばん》の仲《なか》よし、あなたと同《おな》じにね。それから、あなたはパーフェクタ姫《ひめ》に会《あ》ったことあって？　こわい人《ひと》よ！　アリスの話《はなし》だと、それは、クイーン・グロリアナ園長《えんちょう》がパーフェクタに一年生《いちねんせい》をもう一度《いちど》やらせたからなんですって。ティアラ・クラブにはいるだけのティアラ点《てん》がとれなかったから！

わぁぁぁぁ。考《かんが》えただけで、ふるえちゃいそう！　一年生《いちねんせい》をもう一度《いちど》やりなおすなんて、おそろしいことよね！　想像《そうぞう》できて？　わぁ、こわい！

……また次《つぎ》のお話《はなし》でお会《あ》いしましょうね！

著者

ヴィヴィアン・フレンチ
Vivian French

英国の作家。イングランド南西部ブリストルとスコットランドのエディンバラに愛猫ルイスと住む。子どものころは長距離大型トラックの運転手になりたかったが、4人の娘を育てる間20年以上も子どもの学校、コミュニティ・センター、劇場などで読み聞かせや脚本、劇作にたずさわった。作家として最初の本が出たのは1990年、以来たくさんの作品を書いている。

訳者

岡本 浜江
おかもと・はまえ

東京に生まれる。東京女子大学卒業後、共同通信記者生活を経て、翻訳家に。「修道士カドフェル・シリーズ」(光文社) など大人向け作品の他、「ガラスの家族」(偕成社)、「星をまく人」(ポプラ社)「両親をしつけよう!」(文研出版)、「うら庭のエンジェル」シリーズ(朔北社) など子供向け訳書多数。第42回児童文化功労賞受賞、日本児童文芸家協会顧問、JBBY 会員。

画家

サラ・ギブ
Sarah Gibb

英国ロンドン在住の若手イラストレーター。外科医の娘でバレーダンサーにあこがれたが、劇場への興味が仕事で花開き、ファッションとインテリアに凝ったイラスト作品が認められるようになった。ユーモア感覚も持ち味。夫はデザイン・コンサルタント。作品に、しかけ絵本「ちいさなバレリーナ」「けっこんしきのしょうたいじょう」(大日本絵画) がある。

ティアラクラブ⑤
ソフィア姫《ひめ》と氷《こおり》の大祭典《だいさいてん》

2007年9月30日　第1刷発行
著 / ヴィヴィアン・フレンチ
訳 / 岡本浜江　translation © 2007 Hamae Okamoto
絵 / サラ・ギブ

装丁、本文デザイン / カワイユキ
発行人 / 宮本功
発行所 / 朔北社《さくほくしゃ》
〒101-0065　東京都千代田区西神田2-4-1 東方学会本館31号
tel. 03-3263-0122　fax. 03-3263-0156
http://www.sakuhokusha.co.jp
振替 00140-4-567316

印刷・製本 / 中央精版印刷株式会社
落丁・乱丁本はお取りかえします。
80ページ　130mm×188mm
Printed in Japan ISBN978-4-86085-057-9 C8397